Zierelemente

Gedichte

Christiane Schwirner

Bibliografische Information durch die
Deutsche Nationalbibliothek:

Die Deutsche Nationalbibliothek verzeichnet diese
Publikation in der Deutschen Nationalbibliografie.
Detaillierte bibliografische Daten sind im Internet
über
http://dnb.de abrufbar.

Coverfoto: Christiane Schwirner
Copyright
Alle Rechte beim Autor

Herstellung und Verlag:
BoD - Books on Demand, Norderstedt

ISBN 978-3-7392-8974-8

Inhaltsverzeichnis

Möwenflug	7
Die Buchen am Meer	8
Feierstunde	9
Ruf des Meeres	10
Kleine Möwenkunde	11
Etwas über Wolken	12
Gedanken am Meer	14
Seepferdchen-Lied	15
Der versunkene Garten	16
Blaues Glas	17
Gefäße	18
Glaswelt	19
Das wird immer sein	20
Weißer März	21
Maienwind	22
Sommerlaune II	23
Blaue Stunde	24

Heidekraut	25
Heimat ist	26
Worte	27
Heimat im Schreiben	28
Unvollkommene Kunst	29
Blockade	30
Perlenfischer-Tag	31
Farbe	32
Reisewege	33
Wüstenlied	34
Fremde Stadt	35
Letzte Reise	36
Herbstlaune	37
Herbstbraut	38
Gräser im Regen	39
Herbstweg	40
Welken	41
Über die Kostbarkeit der Zeit	42
Leuchtendes Fest	43
Vor dem Fenster	44

Den Winter überstehn	45
Letzter Schmetterling	46
Januarbäume	47
Der Erde Schlaf	48
Eisige Zeit	49
Wintertraum	50
Bett aus Mondlicht	51
Misslungen, damals	52
Zuwendung	53
Versäumnis	54
Was du mich lehrtest	55
Ohne dich	56
Grabstein für Marie	57
Die Formel	58
Lehre mich beten	59
Hoffnungstag	60
Wünsche	61
Geliehen	62
Stille sein und hoffen	63
Zu-Fälle	64

Leidenschaft für Kunst	65
Sinnsuche	66
Blicke	67
Traumfahrt	68
Kleine Vision II	69
Besuch	70
Bruder Tier	71
Des Tieres Klage	72
Kind sein	73
Lauschige Laube	74
Rauschbeerenrebus	75
Vollmond	76
Spähende Häher	77
Sprichwörter	78
Soziologisches	79
Resümee	80
Noch uff de Beene	81
Een Denkmal haben	82

Möwenflug

Gleitet dahin, ihr Schönen, schwärmt aus,
die ihr meergeboren und der Luft gegeben seid!
Die ihr steigt und sinkt mit den Fluten,
auf den Brisen schwebt und mit dem Lichte spielt:
Entfaltet die weiten Schwingen und tanzt nun
für die Fische über der Gischt,
gebt den stolzesten Segeln Geleit,
füllt der Winde Brausen mit eurem Lied,
umkreist die Inseln und befestigt sie,
schwingt hoch und zeichnet die Bläue weich.
Und weil ihr's nicht wisst, sage ich euch:
Ihr seid wahrhaftig die Königinnen
über das Wellenreich!

Die Buchen am Meer

Ach, ich beneide die Buchen sehr,
sie stehen Tag und Nacht am Meer.
Ja, die Buchen sind zu beneiden,
sie werden nie an Meer-Sehnsucht leiden!

(Eigentlich war das Gedicht hier zu ende,
doch die Buchen melden sich nun zu Wort)

Leise raunen die Buchen mir zu:
Das Meer ist schön, doch gibt selten Ruh,
erzählt Geschichten in dunkler Nacht,
die es von weither mitgebracht:
Von verlorenem Kurs und glitschigen Planken,
die an eisigen Bergen im Nebel versanken,
von schweren Brechern und berstendem Wrack,
von gebrochenen Masten am Klippengezack,
von grausigen Tiefen, versunkenem Land,
und von manchem, der für immer verschwand ...
Auch *so* ist das Meer, es kennt seine Schuld.
Nur manchmal hat es mit sich Geduld:
Dann schimmert und glitzert es himmelweit
und zeigt sich in blauer Freundlichkeit
den Dichtern in der Sommerzeit ...

Feierstunde

Glatt und blank in seiner Schale,
still gebettet liegt das Meer.
Leuchtend fällt mit einem Male
ein Bündel Strahlen von oben her.

Ist es eine jener Feierstunden,
in der es heimlich formt und webt,
in der alles Wirken soll gesunden,
das nach einem Ganzen strebt?

Rührt der Strahl aus Gottes Auge,
das da ewig schaut und sieht,
was die alte Welt nun tauge
und ob gut, was grad geschieht ...?

Ruf des Meeres

Du rufst nach mir mit schäumendem Mund,
zerrst mich an deinen dunklen Schlund,
umschlingst mich mit Algen und Gekröse,
machst unentwegten Lärm, Getöse,
lässt zu, dass Steine, Muschelspitzen,
mir in die nackten Füße ritzen,
äußerst selten gibst du Ruhe,
füllst Sand und Dreck in meine Schuhe,
zerstörst mir meine Strandgebäude
mit eisigkalter Schadenfreude.
Noch in der Nacht brechen sich Wellen
durch meinen Schlaf und zerschellen
mit Netzen voller Schalengetier!
Ist ja gut – ich vergesse nicht,
ich komme aus dir!

Kleine Möwenkunde

Begleit-Möwen: Klein, nett, adrett, sie trippeln vor einem her und zeigen einem *ihren* Strand, weisen dabei aber auch immer wieder in Richtung Meer.

Lach-Möwen: Sie schießen durch die Luft und lachen sich kaputt. Über wen bloß, etwa über die Feriengäste?

Polizei-Möwen: Groß, grau, sie laufen misstrauisch um einen herum und legen dabei den Kopf bedenklich schief.

Raub-Möwen: Sie reißen einem im Flug das Stück Kuchen weg; manche nehmen lieber Pommes Frites.

Beobachter-Möwen: Sie lassen einen aus sicherer Entfernung nicht aus den Augen, aber kommt man ihnen zu nahe, fliegen sie davon.

Haus-Möwen: Sie schlafen auf dem Klinik-Dach. Frühmorgens nicht, da schlagen sie Krach.

Surf-Möwen: Sie lassen sich lässig auf dem Wasser treiben und warten immer neue Wellen ab.

Pfahlsitzer-Möwen: Sie sitzen einzeln auf Pfählen mitten im Wasser, genießen friedlich den Ausblick oder streiten um die besseren Pfähle.

Bootsführer-Möwen: Sie zeigen Booten und Schiffen den richtigen Kurs und fliegen nebenher. Ohne solche kundigen Möwen-Führer würden sich die Schiffe allerorten verfahren.

Modische Möwen: Sie tragen keine gewöhnlichen orangen Strümpfe, sondern knallrote, dazu den passenden Schnabelstift. Zum weißen Federkleid wirklich ein gelungenes Strandoutfit!

Etwas über Wolken

Seltsam entrückt, einem geheimen Kurs folgend, gleiten sie unablässig dahin in ihrer verschwiegenen Mission; erinnern an bizarre Gärten oder geflügelte Wesen, die sich in ständiger Auflösung und neuer Verschmelzung befinden.
Bewundernswert die vielen Nuancen von weiß und ihr sanft verwunschenes Verbinden und sich wieder Auflösen.
Leicht melancholisch erscheinen die dunkleren, die sich vor hellere schieben, um unermüdlich mit ihnen zu verweben.
Manchmal rüsten die Helleren eilig zu neuen Gelagen und entfernen sich rasch von den anderen. Leicht erkennt man geflügelte Gestalten, die sich in ruhiger Erhabenheit ausdehnen und als Wunderwesen in flockigen Kleidern dahinschweben, ewig unterwegs zu einem verborgenen Ziel. Die Gedanken ziehen mit ihnen, so frei möchte die Seele sein!
Hier am Meer zeigen sich mir ganz Besondere.
Eine ist durchscheinend und zart, aber scharf umrissen, wie von einem spitzen Federkiel gezeichnet und großflächig ins Blau geworfen, eine Riesenfeder, die über die halbe Himmelskuppel reicht. Kleine Bräute mit Schleier sind zu erkennen unter einem schützenden Dach, das sich zügig gliedert zu drei Fingern einer großen Hand. Für sich allein steht weiter unten ein hingetupfter ‚Kleiner Wagen', der nichts von sich zurücklässt als einen gehauchten Sternenschweif. An langen Leinen aus Kondensstreifen werden pummelige Würmer spazieren geführt, die sich zeitweilig voreinander

aufbäumen, um lange abzuwägen, einen möglichen Kampf zu beginnen und die sich dann doch für sanftmütigen Rückzug entscheiden.
Manche treiben gemächlich, stehen fast still, als überlegten sie den nächsten Schritt, um sich plötzlich zu öffnen und ein Bündel gleißender Strahlen hindurchzulassen, die ein glitzerndes Netz über den feuchten Buchenwald hängen.

Welch ein Schauspiel! Kein menschlicher Regisseur könnte es inszenieren. Und kein über Stunden andauerndes Theaterstück könnte je so beruhigend und heilsam sein!

Gedanken am Meer

Hier muss ich sie nicht suchen,
die Stille, die Weite, das Licht,
die Berührung von Himmel und Meer,
wie in der großen Stadt, die sich aus
Lärm und Begrenztheit zusammensetzt.
Nach oben sehen macht die Gedanken hell
und weit. Hier spüre ich mich wieder als
ein Teil des Ganzen, beschenkt mit jedem
Atemzug der herben Luft. Wie tröstlich ist
das unermüdliche Meer, weil jede Woge so
viel großartiger und gewaltiger dahintreibt
als all meine nichtigen Sorgen und Klein-
krämereien und weil sie ohne Zögern alles
Geratene und Ungeratene fortschwemmt ...

Woher das nur kommt – diese ewige
Sehnsucht nach dem Meer? Und woher
unser gebanntes Lauschen seiner rauschenden
Sprache? Sind nicht See und Seele fast das
gleiche Wort? Ist es nicht verlorene Heimat
und sind wir nicht verlandete Fische, die sich
auf ewig zurücksehnen, zurück zur nährenden
Mutter in ihren Wasserleib?

Seepferdchen-Lied

Dass die Männer so gerne naschen!
So geht's bei mir nicht,
ich steck meinem Arbeit in die Taschen,
damit er zu tun hat und eine Pflicht!
Sonst ist er lieb und ich bleibe ihm nah,
obwohl ich schon nach nem Jüngeren sah,
doch ich mag mein Seepferd nicht verlieren,
will keine Beziehungs-Flaute riskieren.
Wir halten uns an den Ringelschwänzchen
gehn auf und nieder im Wellentänzchen,
ich näh ihm Kissen mit Algenschlamm,
bürst ihn mit meinem Korallenkamm,
bereite ihm einen Mückensalat
und halt ein Muschelschach parat,
reib ihn ein mit Wattwurmcreme,
machs ihm im Wasserbett bequem,
necke ihn sehr und wir spielen Verstecken,
er küsst mich in langen Seetanghecken,
bis unsre Rüsselchen sich biegen,
aber alles bleibt verschwiegen,
ich stecke ihm etwas in die Tasche,
damit er nicht woanders nasche!
Kraule ihm noch lieb das Bärtchen,
und dann sind sie da, die Pferdchen!

Der versunkene Garten

Ich weiß einen Zaubergarten im Meer,
da wiegt die Tiefe ihr langes Haar,
Schleierwesen schweben daher,
silberglitzernd und sonderbar.

Einer treibt schleppenziehend herein,
weht lautlos hin zum Felsenrand,
wirft blinkend zum Gruß einen Schein,
halb träumend wie von fern gesandt.

Manche schimmern wie seltene Rosen,
friedvoll ihr Sein, nichts gibt es zu fechten,
wo Muschelmünder Perlen kosen
und Nixen goldene Netze flechten.

Quallenkinder entschlüpfen der Hülle,
hergeströmt aus tiefen Moosen,
verstreuen aus des Armes Fülle
Muscheln, Blüten und Pretiosen.

Gefallene Sterne in geheimer Mission
schweben dahin, spurenlos ihr Weben.
Unten an ihrem schillernden Thron
pflanzen Undinen süße Reben.

Wellen flüstern und sie wiegen
Wesen, denen keine Weltuhr schlägt,
bleiben in Korallenwäldern liegen,
bis ein Muscheltanz sie weiterträgt.

Wundersam, solch schwimmende Seelen
mit eigenem Himmel und anderem Licht.
Selbst würde man ihnen davon erzählen:
Eine Welt hinter ihrer wählten sie nicht!

Blaues Glas

Mir zum Undinentrunk gereicht,
in blauen Stunden luftig leicht
wob dich das Meer zu einem Rund,
gab Feinschliff dem ovalen Mund,
goss Trunk und kühles Sein
aus Klarheit und aus Wein hinein.

In deine Form hat sich ein Bogen
aus grün und blauem Spiel gezogen,
wo dich die Muschelsplitter netzten
und meergeschäumte Wesen setzten,
schmiegen Perlen sich aus Wind,
die in dich eingeschlossen sind.

Ist erst der Rebensaft geleert,
sich deine Kostbarkeit vermehrt,
denn dann bezauberst du mich ganz
mit feinem, seidenblauem Glanz,
und nimmst, wenn ich dich bitte,
auch einen Zweig in deine Mitte.

Gefäße

Menschen gleichen Gefäßen.
In dem einen bewahrt man etwas
von sich auf, durch andere sieht
man klar hindurch, bei manchen
kann man auf Festigkeit bauen
und ihrer Belastbarkeit trauen,
einige sind dunkel und tief,
manche leuchten hell und weit,
andere sind zerbrechlich zart
und einige wenige kann man
sogar zum Klingen bringen.

Glaswelt

Verletzt nicht die Glaswelt,
in die ihr hineingestellt.
Richtet euch vorsichtig ein!

Achtet der Liebe Gesichter,
sie sind unser aller Lichter
auf ungraden Wegen.

Wehret nicht den fremden Händen,
wenn sie sich zu euren fänden,
schaut, was sie zeigen möchten.

Zerbrecht die hochgezognen Brücken
vor euren Herzen, aus ihren Stücken
baut andere, begehbar und breit.

Mehrt das Lächeln in der Welt,
das von Mund zu Mündern fällt,
schafft das Verbindende.

Gebt den Tieren Mitleid und Hort,
macht euer Haus zu einem Ort,
wo alles aus Güte gedeiht.

Pflanzt neue Bäume,
lasst ihnen Platz und Räume,
sie werden stark, wenn sie einzeln stehn.

Klärt eure Seelen durch Stille,
in ihr wächst geheim ein Wille
zu neuer Zuversicht.

Öffnet euch den Traumgestalten,
denn sie führen und verwalten
hinter Nebeln eure Leben ...

Das wird immer sein

Das wird immer sein:
Das Lächeln des Frühlings,
das Strömen der Gezeiten,
die Herztöne der Wesen,
sich verliern, wenn man liebt,
die bittere Süße der Lieder,
manch Nahes unerreichbar,
das Große im Kleinen,
zu allem Außen ein Innen,
der Glaube an Wandlung,
das Andere hinter dem Schein.

Weißer März

Erstes Meisenlied,
stammaufwärts gezirpt,
noch haubenhoch
schneebesetzt die
vorjährigen Nester,
der Himmel entzündet
hinter eisigen Hüllen
den versinkenden Tag,
meine Schritte schürfen
über dünn geschichtetes
Baiser, die Luft verbeißt
sich in Wangen und Stirn.
War je ein März
so weiß und tief ...?

Maienwind (für Anett)

Über uns hin in leichtem Tanz - heut
weht es licht und unsere Worte
gehen mit. Der Wind liebt solche Orte,
wo er Gedanken zu Blüten streut.

Wir sitzen unter dem Blütenwind
und trinken den Tag, die Stunde. Der Mai
weht Flügelgestalten zum Greifen herbei,
weil wir noch immer Kinder sind.

Sommerlaune (II)

Jetzt will ich raus,
durch fremde wilde Gärten gehn,
barfüßig leicht, mit wehendem Kleid
an warmen Rosenmauern stehn,
wandern mit den Schatten und befreit
durch hohe Wiesen tanzen, malen
der Blütengesichter Lächeln, trinken
aus des Tages perlmuttenen Schalen,
in hellem Grün vergnügt versinken,
heiter beflügelt atmen, träumen,
kleiner Wesen Lied belauschen,
mich anvertraun den alten Bäumen,
ihrem weisen Sommerrauschen.

Blaue Stunde

Schon lange bin ich ihr verfallen,
dieser Abendstunde sanftem Lied,
wenn aus fernen Dämmerhallen
feines Leuchten herüberzieht.

Könnt ich es nur dabehalten,
in geheimen Tiegeln, farbgenau
sein Glimmen mir erneut gestalten,
nur dieses eine, ganz besondre Blau.

Könnt ich mich diesem Licht verbinden,
bis in meine allerfeinsten Poren
es mir immer wieder neu entzünden,
so ginge es mir nie verloren.

Könnte ich nur mit ihr gehen,
mit dieser andren Wirklichkeit,
ich wäre, ohne zu verstehen,
in etwas Großes eingeweiht.

Könnt ich nur malend es erfassen:
Wenn sich solche Himmelsschichten,
aufgetürmt zu Weltterrassen
zu tiefer, dunkler Nacht verdichten ...

Heidekraut

Ach Heide, du krutziges Kraut,
struppig und karg, hast dich getraut,
mir Heimat zu werden.

Aus schlichtem, sandigem Bett
lächelst du hell-violett,
mit kleinen, grünen Gebärden.

Ach Erika, du stehst so furchtlos
inmitten September-Moos
darfst in mir zum Baume werden!

Heimat ist …

Heimat ist mir das Gefilde,
in dem ich tiefe Wurzeln bilde,
dort wo meine Bücher stehn
und die Freunde nach mir sehn,
wo ich den Duft der Wälder kenne,
alles beim richtigen Namen nenne,
wo ich Vertrautes schmecke, fühle,
meine Kümmernisse kühle,
wo ich mit unbeschwertem Sinn
sein kann, wie ich innen bin.
Heimat ist, wo meine Seele rastet,
von hier aus hin nach Neuem tastet …

Worte

Worte sind Bilder, die im Herzen stehn,
darum kannst du sie ganz ohne Augen sehn.

Worte sind Häuser, aus Wärme gebaut,
sind Heimat dir und Mutterlaut.

Worte sind Räume, sie zu füllen
unterliegt ganz deinem Willen.

Worte sind Mächte, die du bewegst,
wenn du Herzblut in sie legst.

Worte sind Grenzen, die du baust,
damit nur du dein Inneres schaust.

Worte sind Becher, aus denen du trinkst,
die Schönheit dieser Welt besingst.

Worte sind Balsam, können heilen,
weil sie gern in der Liebe verweilen.

Worte sind Lichter, achtsam gezündet,
wenn dein *ich* ins *du* einmündet.

Heimat im Schreiben

Da ist Heimat im Schreiben,
Geborgensein in flüchtigen Dingen,
die nun haltbar bleiben
durch die fühlende Hand.
Etwas, das Menschen nicht geben.
Es ist dies achtsam sein,
das uns ausmacht, wofür wir leben:
Der Versuch, zu benennen, zu beschreiben,
um nicht so sprachlos zu bleiben.
Und: Man muss in der großen Stille sein,
mit sich, mit Gott, mit den Dingen allein!

Unvollkommene Kunst

Sprache: dürftig, ungenau
Musik: flüchtig, verfliegend
Malerei: Abbild eines Moments ohne gestern und morgen
Skulptur: eine eingefrorene Bewegung, unveränderbar

Das, was der Kunst fehlt, muss der Mensch
ihr einhauchen mit seinem Geist und Herzen.

Blockade

Der Wortschwall
hinter der Zunge
noch ungelöst,
steckt fest
im Unfertigen,
bald wird es viel
zu sagen geben
auf der Melodie,
die im Gehirn,
dem fruchtlosen,
in Silben tönt,
die ihr Zuhause
in den Worten
noch nicht
gefunden haben ...

Perlenfischer -Tag

Wie hat Alleinsein mir geklungen?
Oft hat es sich zu mir geschwungen
als Gedankenfülle, eigne Zeit,
und inn're Räume wurden weit.
Leichterhand und ungezwungen
ist mir dann allerlei gelungen.
Ein Samen wächst in Stille, Ruhe,
in Zeit und Raum, in dem ich tue,
was ich möchte, was ich mag,
und nenn ihn Perlenfischer-Tag!

Farbe

Ein Versprechen aus Licht, ein Bogen,
um unsere Welt gezogen,
der Rahmen, in dem wir uns finden
und alle Dinge sich verbinden,
wo unsre alten Augen wohnen
und müde Tage uns belohnen,
Zauber aus alten Gesetzen,
Wunder, die uns zärtlich netzen,
Geschichten aus Regenbogenlicht,
Schimmer von Gottes Angesicht ...

Reisewege

Den Verlockungen der Ferne
folgt man unbeschwert und leicht.
Dem Ziele nah, wüsste man gerne:
Was trieb mich her, was ist erreicht?

Beschwerlich werden weite Reisen,
voller Hindernisse ist der Weg,
oft steht man an den falschen Gleisen,
hangelt über morschen Steg.

Munter mag man weiterschreiten,
Höhen erklimmen voll Zuversicht,
inmitten Ödnis fremder Weiten
wenden - oder lieber nicht?

Und erkennt bei jedem Schritt,
egal, wohin wir weiterziehn:
Es läuft der eigene Schatten mit,
nirgends kann man ihm entfliehn.

In hohlen Gassen umzukehren,
wo uns keine Erkenntnis greift,
ist gut. Klüger noch, zu mehren,
was zu bessrem Wissen reift.

Wünsche werden achtsam, leise,
wenn aller Irrgang genug beweint:
Nur zu uns selber geht die Reise,
die von allen die längste scheint.

Wüstenlied

Gestrandete Wellen vor blauen,
unendlichen Weiten des Raums,
an jeder Wehe liegt Schatten
eines versinkenden Traums.

Gelöst durch den Augenblick
wandern goldene Wogen,
flüchtige Fährten und Spuren,
aus großem Schweigen gezogen.

In tausendfachen Entwürfen,
geschürft in Meeren aus Sand,
gesegnet von Luftgestalten,
einst die Menschenwiege stand.

Das haben wir mitgenommen:
Dies Bauen, Verwerfen, Erneuen,
wir ändern Ziel und Richtung,
unser Weniges zu vertäuen.

Aus Sand sind unsere Burgen
auf der Suche nach dem, was trägt,
wir kosten das Salz der Erde,
bis unsere Stunde schlägt.

Durch alles Verwehen, Zerfallen
geht leuchtend hell ein Schein,
hier singen Winde ewig
vom Werden und Vergänglichsein.

Fremde Stadt

Architektur wird verneinen
an Fassaden kahl und kalt.
Die große Stadt liebt keinen,
ihre Sprache ist Asphalt.

Keiner huldigt den Erbauern.
Ich bin nur zu Besuch.
Zwischen schäbigen Mauern
liegt ein fremder Geruch.

Durch Gewirr gedrängter Schluchten
rennen tausend Gehetzte.
Ich suche in Straßenfluchten
vergebens, ob jemand Bäume setzte.

Ich höre der Menschen Reden,
Geplapper, Geschäftigsein,
sie sprechen nicht mit jedem,
einer muss *der Andere* sein.

Und laufe verstört, beklommen
durch Dreck, Beton, die Menge schiebt.
Mein Auge schaut benommen
nach oben, ob es hier Vögel gibt.

Ich fliehe erschöpft und matt
Enge und Lärm, fühl mich verloren.
Gnadenlos dem ist die Stadt,
den sie nicht geboren.

Letzte Reise

Wohin die Reise auch geht,
ich trete sie an, sagtest du am
Ende, mit Lachen, das nicht mehr
aus deiner Mitte kam. Immer hast
du das Leben fest gepackt, was
sollte dir je entgleiten?
Durch starkes Mark sieht man
die Seele nicht. In dir war alles
aufgerüstet, Kampf der Glieder
gegen den lautlosen Gegner.
Wer Lärm macht, beißt nicht,
doch der Lautlose bringt um.
Konntest du nicht gewinnen?
Der Wille war zu schwach
ohne dein Lachen ...

Herbstlaune

Jetzt will ich raus,
um in des Jahres Überschwang,
in seiner hohen Tage Klang,
sein Leuchten, Lodern, Reifen,
sinnenfroh hineinzugreifen!
Will Dahlienfeuerwerke zünden,
mich dem Farbenrausch verbünden,
mit den Taschen voller Zapfen
durch bunten Blättertaumel stapfen
und Kastanien, blank und seiden,
aus ihrer Ritterrüstung schneiden.
Möcht Tage wie Geschenke horten,
mir Früchte von geheimen Orten
in irdne Schalen dekorieren,
mir andre Leben komponieren,
soviel Blumen heimwärts nehmen,
als ob keine neuen Sommer kämen!

Herbstbraut

Könnt ich eine Herbstbraut sein,
ließ mich in Tändeleien ein,
ich würd mich wie Hortensien kleiden,
mit rosa Tüchern mir gehauchte Seiden
mischen, besticken schlicht
mir Säume und Gewänderschicht,
mich sanft in alten Tänzen winden,
ein blühendes Erneuern finden
in einem weißen Doldentraum.

Von weiter her, zu hören kaum,
der laue Herbst, der in den Gärten
ruft nach meinem Brautgefährten ...

Gräser im Regen

Tropfenketten hängen schwer,
nun ist es bald kein Sommer mehr.
Ein paar letzte Wärmestrahlen
weben glitzernd an den fahlen
Stängelschwertern, deren Wehr
sich verliert im Gräsermeer.

Ähren flüstern in den Weiten,
verspielen letzte Heiterkeiten,
an späten Tagen hängen vage
der Erde müd gewordne Haare,
in Oktoberfarben hingesunken,
tausend Halme schwergetrunken.

Mit letztem matten Rispenzittern,
Doldenrascheln, Zweigeflittern
träumen sie in kühlen Schauern
von reetgeflochtnem Überdauern,
strecken sich mit Tränenschimmer
in leere, bronzefarbne Zimmer.

Herbstweg

Ein Tag, der nirgends hin sich drängt,
ein Licht, das nur sich selbst umfängt,
ein Geben, das sich reich verschwendet,
ein Fallen, das behutsam endet,
ein Spiel, in jeden Baum verliebt,
ein Strömen, das sich endlos gibt,
ein Wirken, aus besondrer Hand,
ein Leuchten, das kein Maler bannt,
ein Reifen, aus Milde gewoben,
ein Traum, in den Tag gehoben,
eine Ruhe, die sich lächelnd breitet,
ein Weg, den nur der Herbst beschreitet …

Welken

Goldgesponnene Tage, gegangen
mit letztem würzigen Hauch. Zugleich
verströmt sich, nebelverhangen
Novemberdämmrung, lautlos weich.
Ferner Wasservogel schreit
eine verwehende Klage:
Ist der Winter noch weit?

Alles webt am Entschwinden,
ist matt gewordenes Leben,
ein sachtes Ruhefinden,
ein Hinübergehen und Vergeben.
Stille Häutung der Zeit, sie behält
ihr Geheimnis im Verwandeln,
das auf raschelnde Wege fällt.

Im Dunkel der Wälder drinnen,
tief unter gelöstem Gewand,
schlummert ein neues Beginnen.
Steter Wechsel, erdig sein Rand,
geduldig sein grünes Warten.
Und wir? Sind auch wir nur ein
taumelndes Blatt im Erdengarten?

Wir werden erinnert: Auch unser Fernstes
wird fallen, Schicht an Schicht,
in späten Jahren. Und hoffen: Es sei sanft
und vollendet und dahinten ein Licht ...

Über die Kostbarkeit der Zeit

Wie können wir die Zeit betrachten,
in der tausend Uhren sich mit sachten,
doch niemals müden Schlägen eilen,
um unser Leben zu zerteilen?

Sammle deine hellen Stunden ein,
bewahr sie dir als Edelstein,
denn manche ist, eh sie begonnen,
in Augenblicken fortgeronnen!

Das Stundenglas, das Kronos hält,
regiert uns – und die ganze Welt.
Wo findet sich geglückte Zeit?
Inmitten Zukunft und Vergangenheit.

Grad hier *im Jetzt* ist der Moment,
den nur das Bewusstsein nennt.
Denn wir selber sind die Zeit,
von unsrem Herzschlag ausgestreut,

als eine Ordnung, die uns nützt,
rechtes Denken, Handeln schützt.
Allein durch unsre Endlichkeit
wird sie so kostbar, unsre Zeit ..

Leuchtendes Fest

Seit jeher liebe ich den vielfältigen Herbst,
der übers Jahr durch stete Vorbereitung
in ein leuchtendes Fest mündet, über alle Maßen!
Mit bunten Verwehungen und erdigen Düften
empfiehlt er sich; wie sollte solch ein Abschied
traurig machen, passiert es doch manchmal,
dass er sogar Gold und Silber über mich wirft!
Jetzt reifen Ideen und es entstehen jene reichen
Gedankenwälder, die unbedingt zu Papier
gebracht werden wollen.
Aufgerollte Farnschriften verkünden buntere
Zeiten.
Geneigte Gräser geben Binsenweisheiten
her und von Käfern besetzte Mohnkapseln treten
in stürmische Umlaufbahnen. In höfischem Tanz
üben sich Cosmeen neben vornehmen
Dahliendiven,
in gerüschtes Purpur gekleidet, was verbergen sie
hinter Ahornfächern? Spinnen arbeiten an
schwebenden Verfahren und Blattfinger
zeigen aus farbigem Gemenge in alle
Richtungen: Wohin gehen wir?

Vor dem Fenster

Eine einzelne Sonnenblume hat sich im Blumenkasten ausgesetzt, um ihr dunkles Facettenauge hält sie einen dichten, goldgelben Wimpernkranz aufgeschlagen.
Zu ihr gehören 6 Blätterflügel, die bei jedem Windstoß leichte Fahrt aufzunehmen scheinen. Eine eilige Meise besieht die Sonnenblume von allen Seiten, zupft eine Blütenwimper aus und beschließt dann, sie noch eine Weile wachsen zu lassen. Sie wird wiederkommen, wenn ihre braunen Kerne reif genug sind, sie findet im Oktober allerorten noch genug Nahrung.
In der weitverzweigten Akazie dahinter hängt ein Nest sturmzerpflückt in einer Astgabel; mehrere Generationen von Amseln wuchsen in ihm auf, denen ich von meinem Logenplatz hinterm Fenster zusehen durfte. Unentschieden in seiner Richtung streut der Wind halbstark umher und verstreut großzügig Hände voll leuchtender Birkentaler. Ein Raubvogel, vielleicht ein Bussard, landet neben dem verlassenen Nest, bleibt minutenlang reglos und in sich versunken sitzen, als sinne er über das Schicksal des Nestes nach, streicht dann in großer Schleife seitlich hinunter ins Gebüsch. Durch mein sonnendurchflutetes Zimmer flackern kleine Astschatten, die wie zum Üben eines Tanzes immer wieder an den Beginn ihrer Bewegung zurückgleiten ...
Nun steigt die Sonne täglich mehr hinab in ihr Winterreich und sinkt wie zum Abschied noch einmal tief in mich ein, bevor sie sich kaum mehr mit mir befassen wird und meiner Sehnsucht nach Wärme und Licht ...

Den Winter überstehen

Was werden wir mitnehmen
in den Winter außer
ein wenig Lebendigsein?

Vielleicht: Momente heller Stunden,
etwas Wärme noch unter der Haut,
ein Sträußchen, welkend, gebunden,
Leiter zum Glück, im Frühling gebaut.

Den Ruf der Möwe überm Meer,
den Duft von Rosmarin und Lauch,
letzte Farben, sommerschwer,
eine Berührung, ein ehrliches Wort,
ja und auch:

Die Hoffnung, dass jemand mit uns geht,
wenn wir Dunkles überwinden.
Den Glauben an Kraft, die übersteht,
um gehbare Wege zu finden.

Letzter Schmetterling

Im Dezemberdunkel,
unterm Straßenlaternengefunkel
umflattert mich faltergleich
ein Wesen aus dem Sommerreich,
verwunderlich, es freut mich doch,
was tut es hier im Winter noch?
Wie kann es Kälte überwinden,
wird es eine Wohnung finden?
Ich schau genauer: Farblich matt
und leicht zerdrückt: Ach,
ein übermütiges Dezemberblatt!

Januarbäume

Auch an diesem frostigen, stillen Morgen
erwarten mich die tröstlichen Baumgestalten,
erdengetreu letzte Wimpel haltend, nun dachlos
Vögeln und Geistern, worüber schweigen sie?
Ihrer sind viele wie wir, gebeugt oder stolz,
doch sind sie aus einem anderen Holz,
kommen aus einer anderen Zeit.
Sie mögen sich nun vergessen für eine Weile,
oder sich hinausdenken in ferne Verwandlung,
Vermehrung oder über neuen Schmuck
nachsinnen. Wir werden sie stets bewundern
für ihre bildgewordene Geduld und Kraft,
auch dass sie nicht wandern wollen
wie andere. Ihnen ist möglich, in
wachsenden Ringen um eine
starke Mitte zu sein.

Der Erde Schlaf

Weißer Kälteschlummer
aus silbern verblühtem Leben
umfängt den Erdenkummer,
des Jahres Neigen, sich Ergeben.

Wie wir uns aus Schlaf erneuen,
scheint der Erde Schlaf wie Stein,
daraus wird sie Träume streuen,
dann werden andere Wege sein.

Sie beschenkt uns mit Zeit,
aus der wir manches neu begreifen,
woraus uns Tröstendes gedeiht,
weil auch im Dunkeln Dinge reifen.

Eisige Zeit

Klarer Geist, der in den Weiten
fliegt und ohne Hindernisse
schweift, die ihn verleiten,
berstender Rinden Risse,
Unzahl starrer Wesenheiten,
Erinnerungen, ungewisse
an erwärmte Jahreszeiten,
des Liebsten frostig kalte Küsse,
Schlittenkinder, die abwärts gleiten
dick vereiste Teiche, Flüsse,
über die Vermummte schreiten,
Glühweinduft und Schokonüsse
sind Wunder eisiger Gezeiten.

Wintertraum

Der Winter kam in meinen Traum
mit tiefem Frieden, weißem Saum.
Du bist im Zimmer, vorn ein Fluss,
der sich für uns nicht teilen muss.
Ich bin erwartungslos, dein Schauen
noch unbenannt und voll Vertrauen.
Denn du lässt mir Blick und Hand,
weich geschlungen, unverwandt.
In großem Frieden, stillem Raum
webt der Winter an meinem Traum.

Bett aus Mondlicht

Tief schläft die Nacht.
Du Liebster hältst Wacht
an weißen Hügeln, legst ein
linderndes Band um meine
bange Stirn. Weit fort die
Waagschale der Dinge, in
die wir nichts mehr legen.
Flügelloser, lautloser Rausch
aus gestreuten Blütenschatten.
Von mildem Mondlicht aus-
geschlagen das Königsbett,
das du mir bereitet hast.

Misslungen, damals

Wir hatten keinen Schimmer
vom Wir, von Du & Ich,
das Barometer zeigte immer
auf veränderlich.

Wir wünschten uns ein Dauerblühn
im Wir, im Du & Ich,
dann erfror das letzte Grün,
das ein Grau beschlich.

Ich hatte mich restlos leergeliebt
im Wir, im Du & Ich,
wer wenig bekommt und nur gibt,
der stirbt bald innerlich.

Wir waren gänzlich ausgelaugt
vom Wir, vom Du & Ich,
wozu das Restgefühl wohl taugt:
Freundschaft gelegentlich?

Alles war lauter Querele,
das Wir, das Du & Ich.
Der Mann mit der schönen Seele?
Du warst nur durchschnittlich.

Zuwendung

Für den Moment zieht ein Goldhauch
durch den Tag, Wärme von schlagenden
Menschenherzen in der Nähe ...
Seltene Schnittmenge von Gefühlen,
solche Momente wiegen schwer,
sie lassen sich nirgends unterbringen,
hat man doch Krusten gebildet,
damit man nicht merkt, dass etwas fehlt ...

Versäumnis

Ich versäumte so viel,
als du noch bei mir warst.
Auf deinen Rat zu hören,
auf deine weise Voraussicht,
deine leisen Rufe der Angst um mich,
dein stummes Traurigsein zu deuten,
deine geduldige Gegenwart zu begreifen.
Doch war das schmerzlichste Versäumnis:
Dir nicht zu sagen, was du mir warst, Mutter.

Was du mich lehrtest

Du lehrtest mich gehen,
die Täler verschwiegst du.
Du lehrtest mich sehen,
die Blindheit in der Welt
erwähntest du nicht.
Du lehrtest mich hoffen,
was immer auch geschieht.
Du lehrtest mich erkennen,
und dass jeder es Wert sei.
Du lehrtest mich Freude,
Anlass dafür gäbe es genug.
Du lehrtest mich danken,
weil nichts selbstverständlich sei.
So pflanztest du mir einen Baum,
aus dem Hoffen, Freude, Demut,
Dankbarkeit und Erkennen wächst.
Könnte eine Mutter ihrem Kind
mehr mitgeben für das Leben ...?

Ohne dich

Du hast immer alles so besonders benannt,
hast Blumen und Tiere wie Brüder gekannt.
Es war Mörikes Himmel, der im März dir blaut,
kanntest Storms Kate im Heidekraut,
hörtest Morgensterns Spatzen im Strauch,
kleine Verse schriebst du selber auch.
Ich glaube, so sind die Dinge gemeint,
wenn Herz und Geist sie liebevoll eint:
Der Brombeerknick, dein Eidechsenstein,
hinterm Hasenwald dein Glockenblumenhain.

All das gibt es auch hier, Mutter,
doch es wird nie dasselbe sein ...

**Inschrift auf dem
Grabstein für Marie**

Wir trugen dich 9 Monate bang.
Du warst mit uns 9 Monate lang.
Du gingst von uns im Monat 9 ...
Oh Marie - wir wünschten uns einst
ein Kind, das sollte besonders sein ...

Die Formel

Keine Wissenschaft auf Erden
kann Gott erklären oder ihn beweisen.
Denn welche Formel könnte es schaffen,
ihn zu erfassen? Ist er doch selbst
die Formel, die alles umschreibt,
alles bedingt und alles durchdringt.
Er ist die Wahrheit hinter den Dingen,
das Licht in unseren selbst gegrabenen
Tunneln. Und selbst wenn Gott nur eine
Hoffnung wäre – ist sie nicht die einzige
wirkliche Hoffnung, die wir haben?
Wie ist es mit der Liebe? Lässt sie sich
erklären, beweisen oder auf eine Formel
bringen? Weil wir sie fühlen können,
verlangen wir von ihr keine Beweise.
So sollte es auch mit Gott und dem
Glauben sein, sobald wir ihn spüren,
werden wir weder zweifeln noch
Beweise fordern.

Lehre mich Beten

Sind sie zu matt, meine Gebete?
Herr, zeig es mir anders und trete
mir entgegen, damit du in Schritten
mich lehrst rechtes Danken und Bitten.
So wie flache Steine im Sprung
aus des tiefen Wassers Erinnerung
in tausend Kreisen sich verschwenden,
so lass mein Beten niemals enden.
So wie Rufe vom Berge Echos lösen,
möge sich mir das Gute fort vom Bösen
stetig trennen, möglich werden ein Erkennen …

Hoffnungstag

Kalt ist der Tag,
unendlich die Zeit.
Gott liest im Buch
der Ewigkeit.

Leer ist die Nacht,
dichte Nebel gehn.
Man kann nur noch
Gottes Atem sehn.

Kampf ist das Leben,
der Himmel bleibt stumm,
das Dunkle bringt
alles Helle um.

Hell ist der Morgen
und Gott hält Wort,
er nimmt immer neu
das Dunkle fort.

Wünsche

Was immer du wünschst,
es wird sich erfüllen.
Doch nicht nach deinem,
sondern eines Höheren Willen.
Das, was er leise in alles legt,
ist etwas, das dich vorwärts trägt.
Kannst du es nicht gleich verstehn,
warte ab, du wirst es sehn.
Gib den Wünschen Möglichkeiten,
Gestaltungsräume, eigne Zeiten!
Wähle Wünsche mit Bedacht,
erzwinge nichts, hab acht!

Geliehen

Es gehört uns nicht, das Leben,
weder Geld noch Gut,
sie sind uns als Geschenk gegeben.

Die Erde mit allem Geschehen
ist nicht unser Eigentum,
jemand gab sie uns als Lehen.

Leuchtet uns einer Seele Licht,
so gibt sie's frei, für eine kurze Zeit,
aber es gehört uns nicht.

Gedanken kommen und fliehen,
es sind bei Weitem nicht eigne,
sie sind uns aus Gnade geliehen.

Stille sein und hoffen

Es gibt geheime Orte, die sind
sich selbst genug, an denen zeichnet
niemand etwas auf, man kann
vielleicht Gedanken fallen hören,
Dank aus Händen fließen oder Schlafes
Schwingen sich versöhnend nähern.
Im Jenseits der Geräusche wohnen
ernste Bilder und feierliche Bedeutung,
es wirft uns auf uns selbst zurück,
wir erfahren hier, wer wir sind,
daher ist sie für viele so schwer.
Sie kennen noch nicht: Stille sein
und hoffen, daraus wir gesunden.
Niemals darf man sie anrufen,
sonst bringen laute Dämonen
diese stillen Orte um ...

Zu-Fälle

Wie sich manche Dinge entfalten!
Hergezogen von sanften Gewalten
zeigen sie mir Kurs und Richtung,
oft mit unerwarteter Gewichtung,
verwehen mir den Lebensplan,
was fange ich nun damit an?
Sie vereiteln und verdrehen,
das Gestrige, das grad geschehen.
Mir fällt was zu, das ich nicht kenne,
dass ich oftmals Zufall nenne.
Manchmal merk ich Jahre später,
der Zufall war ein weiser Täter,
ich wär nicht dort, wo ich jetzt bin,
im Nachhinein macht vieles Sinn.
Wie immer sich mein Weg gestaltet,
er scheint von irgendwo verwaltet ...!?

Leidenschaft für Kunst

Leidenschaft schafft keine Leiden.
Sie ist dir zutiefst zueigen,
wenn du brennst für eine Kunst
und vergehst für ihre Gunst.
Wenn du freudig mit ihr ringst,
und ein Werk nach außen bringst.
Wenn du webst an dem, was tief
drinnen immer schon dich rief.
Wenn du schaffst - und andren gibst
von dem, das du am meisten liebst.

Sinnsuche

Unsre Tage fragen stumm
nach dem *Woher, Wohin, Warum?*
Da war doch dieser rote Faden,
denn die anderen schon haben?
Noch immer dieses Steinerollen,
tagaus tagein ein abgehetztes *Sollen,*
Bezwingen, Siegen müssen,
wie sollen wir noch wissen,
Woher, Wohin, Warum?
und bleiben weiter stumm.

Wer kann uns etwas sagen,
zu allen diesen Fragen:
Zu dem Ganzen, das uns heilt,
von dem Möglichen, das weilt?
Wir spüren diese eine Kraft,
die in uns ist, die alles schafft
und welche unsre eine Welt
am Ende doch zusammenhält ...

Blicke

Wirft klarer Augen Blick
die Wirklichkeit zurück?
Wohin kehrt hängender Lider
schweres Träumen wieder?
Hat jener Blick, so funkelnd schön,
schon viele Wunder angesehn?
Erblickt ein Auge, tränenschwer,
gar nichts Sehenswertes mehr?
Gelingt dem kecken Wimpernschlag,
was anderen nicht werden mag?
Lässt langes, trübes Starren
den weiten Blick verharren?
Ist unterm bunten Farbentiegel
das Auge noch dein Seelenspiegel?

Traum-Fahrt (Venedig?)

Schimmernd im Mondlicht gleitet
mein Kahn leise plätschernd unter
alten Brücken und Stegen an bemoosten
Pfählen vorbei. Zurückgesandt geht mein Blick
durch Masken aus Nebelschleiern, an weißen
Marmor gelehnt leuchten geheimnisvolle
Wesen, sie deuten mit fragenden Gebärden,
es enthüllen sich Formen hinter zitternden
Fächern in lauer Luft, glitzernder Schlaf
umfängt die stillen Paläste. Ein sanftes Licht
färbt Mauern in der Ferne. Die Nacht ist
ohne Angst und Fragen, mein Kahn gleitet
unaufhaltsam vorwärts zum Licht ...

Kleine Vision (II)

Über mir aus Meer und Himmel
hebt sich farbiges Gewimmel
aus Fischen, Algen, Sternen
und dahinter in den Fernen
reich verzweigt, verwoben
feines Lichterblitzen oben,
schickt mir grünlich-blau und fein
einen leuchtend hellen Schein.
Wie mein Auge liest in Dichtung,
hat alles eine rechte Richtung.

Besuch

Hab mit Vorsicht dich geborgen,
dich beatmet voller Sorgen,
was immer dich umgefällt,
wer immer dir deinen Rock zerdellt,
ich hab dich wieder auf die Beinchen
in deine Käferwelt gestellt.

Kommt jemand, tapsig und klein,
durchs Fenster in meine Stube herein.
Was immer dich hergebracht,
ich hab auf dich Acht, ganz sacht
am Flügel kann ich dich fassen,
hab dich wieder nach oben
in deine Vogelwelt entlassen.

Bruder Tier

Er war schon lange vor uns hier,
bewohnte als erster diese Welt,
sie gehörte ganz allein dem Tier,
war ihm Heimat, vom Schöpfer gestellt:

Begrünte Weiten mit Blume, Baum,
mit Tälern, Höhen, Seen,
ein unversehrter Lebensraum,
durch den frohe Geschöpfe gehn.

Dann schlich ein Untier ins Paradies,
listig, zu allem Bösen bereit,
gierig und mächtig und überdies:
Blind für Leid.

Es begann zu jagen, zu zähmen,
zu unterjochen, zu quälen,
zum Untertan die Welt zu nehmen,
Gnadenloses zu befehlen.

Was ist seitdem geworden,
verschwand die Barbarei?
Ist all das Quälen und Morden
im Paradies nun vorbei?

Oh nein, das Untier tötet blind,
nie endet seine Grausamkeit,
bis all unsre Brüder verschlungen sind,
es tut ihm nichts leid.

Mit letzter Kraft hat manche Art,
stumm hoffend auf Einsicht, die wendet,
sich verzweifelt mahnend aufgespart.
Bald sind auch sie: ausgelöscht, verendet!

Des Tieres Klage

Der Geborene einer Dezembernacht,
einer, welche die rauen genannt,
dem ist des Tieres Sprache bekannt,
der wurde mit großer Gabe bedacht.

Doch auch ohne sie, vertausendfacht
kann man in ihr gekränktes Auge sehn.
Ihr Leid hat tiefes, stummes Flehn:
Was hast du Mensch mit uns gemacht?

Wir haben euch all unsre Treue gegeben
und lieben euch, dienen und nützen.
Wir gaben zur Treuhand euch unsre Leben,
uns wiederzulieben und zu beschützen!

Würdet ihr euch in Käfige sperren,
euch sinnlos quälen, operieren,
euch mästen, teilen, filetieren,
einander die Haut vom Leibe zerren?

Würdet ihr euch selbst das tun?
Seid ihr nicht fühlende Wesen mit einem Geist,
der sich aus hoher Schöpfung speist?
Was wird aus uns nun?

Doch ihr seid armseliges Getier,
herzlose Wesen ohne Verstand,
erbärmliche Kettenhunde der Gier,
ihr habt nur Eines nicht erkannt:

Des Schöpfers Haus hat viele Zimmer,
zu sühnen ist alles, Zahn um Zahn,
all unsrer Leben Qual und Wahn
und unser hilfloses Gewimmer.

Allzu lang schon hat die Pein
unsre Leiber geschunden, die Seelen zerfetzt.
Zur Hölle wurde uns die Erde! Nicht zuletzt -
wird sie *ohne uns* auch eure sein!

Kind sein

Ein jeder Tag ist der erste,
wir sind unbeschriebene Seiten
eines großen Buches, das sich ganz
langsam füllt. Aus Märchen fallen
fühlbar Sterne in unsere geblümten
Kinderzimmer, zu Kuchenteig und
freundlichen Mienen, wir sprechen
alle Sprachen mit unserem Lächeln,
sind Sterntaler unter unserem Hemd,
können alles sein und werden, leben
leicht geschürzt im stundenlosen Sein,
bis wir eines Tages unseren Schatten
erkennen, mit einer Ahnung von dem,
was uns niemand ersparen wird.

Lauschige Laube

Taube und Maus sausen
auf die lauschige Laube,
unten im Strauch ein Gefauch,
grauliches Gemaule im blauen
Kraut, am faulen Baum Haufen
schaufelnde Bauern, bauen Mauer
im Außenverlauf, nach Regenschauer
von Aurich kaum in Plauen, dauernd
nach braunen plaudernden Frauen
schauend, bedauerliche Zauderer,
raufen sich in Auen Aug in Aug
mit Rabauken, pausieren ausgelaugt
im Morgengrauen in belaubter Laube,
belauscht von Taube und Maus.

Rauschbeerenrebus

Rauschbeerenrebus -
was mag das wohl sein?
Ein vergessnes Ereignis, weit fort?
Ein nordischer Sommerimport?
Ein Beerensammellandesrekord?
Geheimer Ernte Früchtehort?
Ein Beerensucher am falschen Ort?
Ein rätselhaft berauschter Mord?
Ach was! Nur ein verflixt hübsches Wort!

Vollmond

In den Ästen hängt der Mond,
grell und groß und unbewohnt,
rund und leer und flach.
Und ich – ich liege wach!

Guter Mond, du starrst so stille,
schlafen ist mein einzger Wille,
doch putzmunter lieg ich wach,
Weckerrasseln - aufstehn - ach!

Spähende Häher

Späte Äpfel, erspäht von Hähern,
schäbige Rächer, nächtens untätig
in Gräsern, Geschnäbel an Bächen
bei häkelnden späten Mädchen, in der
Nähe gähnende Sänger in lähmender
Trägheit, unzählige Schäfer räkeln
sich in Wäldern, verdächtige Schläfer,
vergrämt über Mängel am verlängerten
Gestänge ächzender Räder, Gelächter
der behäbigen städtischen Wächter.
Ärgerliches Geplänkel der spähenden
zänkischen Häher, lärmend um späte
Äpfel am schäbigen Geländer ...

Sprichwörter

Sprich mir von den Wörtern:
Von den lauten, die beweisen,
von den anderen, den leisen,
bind mir Bären in die Zeile,
lass großen Dingen kleine Weile,
in ratloser Zeit bleib heiter,
andere sind nicht gescheiter,
doch lehre Schwäne singen,
Neunmalkluge zum Schweigen bringen,
geh in andrer Menschen Schuhe,
bleibe kraftvoll in der Ruhe,
lass andere bellen, sie beißen selten,
mach dich rar, willst du was gelten,
lache zuletzt, dann ist es am Besten,
sollst prächtige Kannen vorsichtig testen,
wie du dich bettest, so liegst du gut,
was später leicht, braucht anfangs Mut,
warte ab und trinke Tee,
sanfte Geduld heilt jedes Weh,
ein Weg entsteht, wenn wir ihn gehen,
was Not erfindet, ist oft zu sehen,
es fallen Späne, Köche in den Brei,
der Letzte mal der Erste sei,
lass stille, tiefe Wasser rinnen,
Gewagtes Aug in Aug beginnen,
nimm vom Können die Kunst,
denn Scheinen ist Dunst ...

Soziologisches

Der Mensch, er ist ein Mängelwesen!
Davon kann er nicht genesen,
davon kann er nicht gesunden,
auch Soziologen haben dies befunden:
Der Mensch mit seinem schlichten Sinn
kriegt nicht allzu vieles hin.
Bringt sich ein mit dumpfer Backe
in sein zwischenmenschliches Gehacke
und trotz unablässigem Gezocke
bleibt er eine arme Socke.
Mit lautem Imponiergehabe,
Hirn gleich einer Bienenwabe,
dient er dem Soziologenheere
als Komplett-Modell der Lehre!

Resümee

Wir schürfen im Tagebau
akkurater Bürostädte nach
armseligen Schätzen, leben in
hohlen Wissenstürmen unter
hochgehängten Latten, rutschen
dahin auf schleimspurigen Eitelkeiten,
löffeln unsere geschmacksverstärkten
Suppen, backen kleingeistige Windbeutel,
hantieren verhandelbare Werte, frisieren
unsere Wahrheiten, fechten mit Wort-
spitzen, unterstützen Wildwuchs des
Kapitals, betreiben Ausverkauf der
Manieren, brocken uns ständig neue
Unerhörtheiten ein, fällen gnadenlose
Urteile und bringen unsere überflüssigen
Schlagzeilen in Umlauf.

Jut uff de Beene

„Junge Frau, wat jibt's zu gucken?
Wir Berliner hatten viel zu schlucken,
wat die Historie hat zerschlissen,
ham wa uns imma schöntrinken müssen.
Vom Frieden sind wa nich vawöhnt,
der hat sich hier meist nur anjelehnt,
doch wir sind aus jutem Holz
und haben eenen alten Stolz,
doch Flügel wachsen uns noch keene,
sind janz jut noch uff de Beene,
und keen Berliner is verreckt,
solange ihm Bier und Kaffe schmeckt!"

Een Denkmal haben...

„In Berlin sind se so uff Denkmäler vasessen,
nur uns ham se bislang vajessen!
Unser eener sollte ooch eens kriegen,
wenn wa uns lebenslang bucklich biegen.
Für wenig Piepen die Knochen krumm
jeschuftet, wie warn wa blöde und dumm.
Für die Rente ham wa fuffzich Jahre jeklebt,
damit man det Altsein überlebt,
malocht für die Olle und det Kind,
damit se beede friedlich sind.
Illusion zuende, nu jehn wa Flaschen finden,
statt mitn Lorbeerkranz *Unter den Linden*
uff een Podeste stolz zu stehn,
damit se mal *zu uns nach oben* sehn...!
Doch totjerackert unter platten Stein
wern se uns betten. Soll det allet jewesen sein?
Und uffn Grabstein is denn zu lesen:
Schweiß und Arbeet is sein Leben jewesen,
er hat es der Alljemeinheit jejeben.
Hier ruht een Abjereckter,
der taugt zu nischt mehr!"